此时明月

CISHIMINGYUE

江九胜◎著

黄河出版传媒集团
宁夏人民出版社

图书在版编目（CIP）数据

此时明月 / 江九胜著. －－银川：宁夏人民出版社，
2023.11
ISBN 978-7-227-07860-9

Ⅰ.①此… Ⅱ.①江… Ⅲ.①诗集－中国－当代
Ⅳ.① I227

中国国家版本馆CIP数据核字（2023）第197182号

此时明月
CI SHI MING YUE

江九胜　著

责任编辑　杨敏媛
责任校对　陈　晶
封面设计　吴新财
责任印制　侯　俊

黄河出版传媒集团
宁夏人民出版社　出版发行

出 版 人　薛文斌
地　　址　宁夏银川市北京东路 139 号出版大厦（750001）
网　　址　http://www.yrpubm.com
网上书店　http://www.hh-book.com
电子信箱　nxrmcbs@126.com
邮购电话　0951-5052104　5052106
经　　销　全国新华书店
印刷装订　青岛国彩印刷股份有限公司
印刷委托书号　（宁）0027516

开本　　890 mm×1240 mm　1/32
印张　　7
字数　　150 千字
版次　　2023 年11月第 1 版
印次　　2023 年11月第 1 次印刷
书号　　ISBN 978-7-227-07860-9
定价　　56.00 元

序

自然风景与艺术

月亮给人的感觉总是美好的,是带给人憧憬和希望的……提起月亮,人们心里自然而然就有了美的意境。

古往今来,文人墨客都对月光情有独钟。文学作品多有对月光的书写,文人墨客善借月光抒发情怀。

月光只是自然风景的一种。

自然风景是衬托艺术作品的底色。

我在阅读江九胜的诗歌作品集《此时明月》时,有着身处月光下的感觉。

江九胜是山东省青岛市城阳区作家协会常务副主席兼秘书长,从他的职务,就能知道他是位有文学创作成绩的文人。

提到青岛市城阳区,我感觉亲切。因为那是我熟悉的地方。

2000 年青岛市城阳区文联成立时,城阳区作家协会同时成立了。当时称为写作协会,后来改名为作家协会。

城阳区作家协会成立时设置了三名副主席,我是其中之一。那时,我一直忙于创作,很少关注其他作家的情况。

没过多久,我离开了青岛市城阳区。

虽然我离开后,多年没去城阳区了,但是对城阳区的感情依旧,也时时关注城阳区作家。

应江九胜邀请,为其诗歌作品集《此时明月》写点文字,是开心的事。

诗人写道:"没有比现在更适合相约 / 情绪是安静的 / 除了那些偷猎的鸥鸟 / 只有你和我 // 相约不必非得畅聊 / 脚步慢慢地踱着 / 你用细微的浪花触碰脚尖 / 于是我丢盔弃甲……"

这首诗的题目是《一个人的海》,按照常规开篇应该有海的呈现,然而,这首诗没有以海的场面开篇,而是用了跟时间有关的"没有比现在更适合相约"的诗句开篇。这体现出了作品的独特性。

文学作品贵在独特。

独特的作品才能引发阅读者的兴趣。

显然《一个人的海》这首诗开篇就体现出了艺术性,便能引发读者的思考。

从表面看,第一行诗句与《一个人的海》主题无关,实际上不止是有关,而且把诗的寓意放到了更深的思想境界。

从诗句"没有比现在更适合相约"中,读者能感受时间在诗中的重要性和特别性。

当然,这是一种心灵倾诉。

随后作者写了"情绪是安静的",直接表达了当时作者的心情。在特别的时间与海相约,情绪却是安静的,体现了不同寻常的心境。

正常情况,人们看见海要么兴奋,要么忧愁,基本是这样的心绪,然而作者却用了"安静"一词来描述,这又是一种思想的升华。

　　作者用"除了那些偷猎的鸥鸟"，写出了当时海面的环境。也正是这行诗句写出了海，是在海边，而海的呈现是淡淡的。作者没有把海当成主体写，而用鸥鸟衬托海。

　　这里的鸥鸟应该是海鸥。显然，海鸥是在海上。

　　这句"只有你和我"的诗文，写得有些模糊，或者是双性用意。我，这是作者。你，就不能马上确定是鸥鸟还是海。既然不能确定作者是跟海相约，还是跟鸥鸟相约，留给读者的想象空间就大了。

　　在"相约不必非得畅聊／脚步慢慢地踱着"一句，作者强调了相约的意义，就是相约不一定非要畅谈什么，而是在慢慢中寻找某种感觉。

　　"你用细微的浪花触碰脚尖／于是我丢盔弃甲"诗句中，确定了作者是跟海相约。"你用细微的浪花触碰脚尖"这里描写海用浪花触碰作者的脚，写出了作者走在海边，脚步跟海水相近，偶尔有海水触碰到了作者的脚，作者有点惊慌。作品在此处用了夸张描写。虽然海水碰触到了作者的脚，但是不至于用"丢盔弃甲"形容。

　　诗歌《一个人的海》分两部分。第一部分是写作者的心情、周边的环境，呈现主题的内在意义。

　　第二部分写"轻拍温柔的浪花／浪花集体退下／你的话匣子七零八落地打开／我的心事／全都投进你的怀抱"。

　　第二部分可以划归为思想表达，也是对第一部分的补充及说明。

　　因为第一部分呈现了《一个人的海》的主题，作者有意把跟海相约后的心情变化放在第二部分。

"相约"就是有计划地约定。既然是有计划约定，在约定后情感方面就会发生变化。

《一个人的海》在海边心情因为环境发生了情感变化。

比如"轻拍温柔的浪花 / 浪花集体退下 / 你的话匣子七零八落地打开"这句，表明心情受到了浪花影响。

"我的心事 / 全都投进你的怀抱"写出了海影响到作者的心情。作者的心情在看见海后得到了释放，这是阳光而美好的表达。

阅读《一个人的海》这首诗，能感受作者对诗歌创作有着浓厚的兴趣，创作技巧娴熟，情感用诗歌展现出来。

《红月亮》一诗，读起来也有种回味与情思："一百五十二年 / 是兑现五百年的一次回眸 / 还是盼了三百六十五天的七夕 / 冰冷地分离 / 欢笑着团圆 / 那些阴晴圆缺都是假象 / 只有今夜 / 才一股脑儿地跳出来 / 释放。"

这首诗也是写一种物与景、情与时间的感受。虽然我不知道作者为什么选择那种时间，但是通过阅读诗，可以理解作者想表达的情怀。

诗歌《空中牧场》也属于这种类型的作品。

诗中这样写："进了北疆的草原 / 就是站上了空中的牧场 / 这里的牛马羊 / 天生高贵 / 从降临世间开始 / 就走上了广袤的绿地毯 / 它们儒雅温顺 / 从不对外来者讲经布道 / 只需扯过一片白云 / 就会让它们 / 淡忘了凡间。"写了场景、物及心情，诗句不多，但是寓意深远，情、景都描写得唯美。

通过阅读江九胜的《空中牧场》《红月亮》《一个人的海》

三首诗,基本上了解了作者写作的风格和对其诗歌创作的情怀,感受到了作者创作诗歌的艺术视角。

作者把心情与自然环境融入在了诗歌作品中。阅读这类诗歌作品能引发淡淡思索,感受如同欣赏风景。我比较喜欢诗歌作品集《此时明月》的书名。因为这个书名就仿佛一道风景。

雨桦

2023 年 6 月 18 日于青岛

(雨桦,原名张黎艳,畅销书作家,中国作家协会会员,山东省作家协会网络协会委员,出版个人专著二十六部,一千余万字,作品多次获奖。)

目 录
Contents

第一辑 晨曦的太阳

第五辑　在一个人的灯下

第六辑　故乡，是一个走不出的迷局

第一辑

晨曦的太阳

新年的钟声

新年的钟声
把陈年旧事打包
请款款的雪花掩盖
让袅袅的炊烟飘逝
被无情的北风撕裂

我只留下
一秒的种子
在新年的第一缕阳光里种下
长成四季
开成三百六十五朵的样子

寒冬的夜

月光踮着脚
走过每一个魅影
风假寐在树梢
不想给任何腰肢机会

灌木丛的两只猫咪
谈论着一条鱼的故事
还有
颠沛流离的爱情

院子里的桂花和耐冬
一直酣睡不醒
葡萄树清瘦的骨架
无力扶起冰面上
自己的身影

用微笑对付冷刀

月亮
挥舞着冷刀
在我的额头刻上
知天命的符号
我用微笑
对付你的无情

你肯定不会知道
那些因你失踪的人口
时常在你的冷刀下
干杯出火苗
一起取暖

即将崛起的墓碑

那些排列有序的瓦片
咬得再紧
也咬不住时过境迁的衣角

曾经把岁月拉旧的记忆
也会随着升起的炊烟
散落进天际

但愿即将崛起的墓碑上
有我的一个鸟巢
再刻上一行碑文
"此人根系发达，与地脉同在"

穿越大乳山

我借携着清雪的风
高速穿过你的胸膛
看到那些
遭受过无数次蹂躏
留下的横七竖八
我炽热的心床
着上了道道伤痕

你曾经挺起的丰满
流出的
肯定不是干瘪的乳汁
你供养着天空的星辰
喂养着身边安静的村庄

我带着模糊的黑色返程
也许
那些沧桑
只有岁月才能抚平

文登南海新区的海滩

海的素装上
绣着一群鸥鸟

瑟瑟发抖的海草棚
是海的几根骨头

小寒在沙滩上走过
连一只螃蟹的脚印都没留下

选择人头攒动的日子重游
寂寞的脚印就不再孤单

一个人的海

没有比现在更适合相约
情绪是安静的
除了那些偷猎的鸥鸟
只有你和我

相约不必非得畅聊
脚步慢慢地踱着
你用细微的浪花触碰脚尖
于是我丢盔弃甲

轻拍温柔的浪花
浪花集体退下
你的话匣子七零八落地打开
我的心事
全都投进你的怀抱

迟来的雪

我用小雪大雪的请柬
发出邀请
期待一场风花雪月的邂逅

风　嬉闹着去追赶飞雁
云　把心情加厚
阳光　裸露着失望

这些被温暖了的碎屑
不知能否
被这一深一浅的印痕
踏出童年的雪人

山　兰

听到野孩子的呼唤
你从夹缝中探出
纤细的身子
膜拜着山的伟岸
无视那些鸟欢蝉鸣
不去惊扰静落的露珠
狂风暴雨才是必修课

采过一缕阳光
就把含香的弓箭
投向辽阔的天

逐渐消失的村庄

这一层高过一层的钢筋水泥
向田间地头疯长
那些曾经也疯长过的草
无处递交投名状
在枯萎的日子中老去
连刚刚萌芽的小草
也不能幸免

一群被挤上农田的庄稼汉
毫无表情地在太阳下
数落着日子
远处新添的几座坟上
不知那些野草还能逞强多久
或许
不久的将来
也会换了人间

与风擦肩

我不会畏缩成一道夹缝
与风擦肩
定会豁出一条口子
让它遍体鳞伤
不敢誓言完好无损
从出生到死亡
我们从来都是体无完肤

天空是倒置的草原

草原倒置的时候
羊群就会和洁白相伴而行
欢快的羊蹄下
时不时飞出蒲公英的孩子
向日葵只开一朵
在飘忽不定的羊群里时隐时现

我们都是一颗微光的流星
只在白天发光
到了夜晚
那些冷血的萤火虫
只会迷离我们的眼睛

晨曦的太阳

清晨
面向东方的海
宁静 晴朗
太阳把大海当做裂变的着床
当最后的丝连断开
着床的归隐道场
升起的
是布施者的胸膛

海，是心事的密码箱

我的心很小
只能容留一个信念
海　是我见过最大的胸怀

我的愤怒　忧伤
从不会火上浇油
弹奏一曲舒缓的乐章
把心熨成平仄有序的图案

我的收获　快乐
从不会分享半匙
高举着一浪赛过一浪的拳头
再次迸发出我的激情

海　是心事的密码箱
没有人可以破译

突醒的凌晨

凌晨
打开微醺过的眼帘
用朦胧的程序仰望着天
天空就用警觉的星星回敬

暗夜这个幽灵
拉黑了对面楼的灯
关闭了一切音质
只有院子那棵
被冬搜刮过水分的桂花树挺身而出

突然就觉得
那些在八月开过浓烈思念的花
像溃不成军的洪水
胀痛了我防守薄弱的心房

地 龙

不能飞天潜海
只做一名默默的耕者
用柔软的身躯
打通生命的甬道

数九天的脸

绷着一脸的严肃
每丝风都锻成了钢刀
把枝条修剪成骨头
除了几声痛苦的呜咽
与鸟雀一起闭紧了嘴巴

太阳和月亮竭力地表演着变脸
无奈观众太少热情不高
星星的态度极其冷漠
地表水玉化成了冰种的石头

雪公主偶尔会光临
给孩子和麦苗一个惊喜
梅花粉面示人
和那些陪衬的绿叶
与迎春花牵手走进春天

老家有一个魔咒

从村东走到村西
也就二十分钟的路程
可我走了近五十年
也没能走出她的魔咒

屋脊上的檩条
撑着瓦片排成的竹筏
在我的血管里缓缓地漂流
每一次的触底
都会激起隐隐作痛的浪花

祈　祷

一只蜗牛走过
拖着一条旧时光
飞机掠过它的头顶
身后狼烟四起
洁白的鸽子
用我听不懂的语言
衔落一地阳光

戈壁滩石蛙

从新疆戈壁滩一跃
就眷上了这石化的荷叶
于是蛙鸣阵阵
是否想唤醒
冰层下沉睡的荷香

深秋图

又到了浓墨重彩的季节
从湛蓝的天空开始
描上洁白的云和一队褐色的雁
它们南飞的方向基本一致

枫树的叶子红黄绿相间
不似落叶后的柿子那般红得专一
不同肤色的水果挂满枝头
表达着同一种心情

一些花儿在凋零
白色的芦花在风中阵阵凌乱
我经过岁月挣扎的头发
白发已经占领高地

莲 蓬

恋了又恋
何止是五百年
那令我却步的雷池
终究是谁的坟茔
我只是你的
托孤人

冰 花

突然想起"冰花"
那些陈年的谷子就疯了般发芽

腊八是年的门槛
是父辈肩上的包裹
是孩子身上的新衣
是稀稀拉拉鞭炮的由远而近
是新桃旧符的转换
是左邻右舍的嘘寒问暖

抚摸这些镶嵌在旧屋窗户上的浑然天成
冰花就落成了两行泪

蝶　舞

多少个轮回
只为这以天计算的舞台
每一朵花都是朝拜的寺庙
用翅膀敲击着木鱼
为生命的延续
诵经

千佛山上

那么多的佛
我的双手都来不及分开
就像来不及弄清楚每一尊佛的尊称
就像熙熙攘攘的人群来不及虔诚地合掌
我承认自己的虔诚不够
微躬的身体显得有些敷衍
而树枝上的鸟儿面对着众生
显得如此安静又纯粹

桔 普

挖空了心思
换上一套行头
从此
物是人非

第二辑

冬天的水草

一杯水

也有江湖
清者
可以滋润心田
浊者
也能浇出灿烂的花

红月亮

一百五十二年
是兑现五百年的一次回眸
还是盼了三百六十五天的七夕
冰冷地分离
欢笑着团圆
那些阴晴圆缺都是假象
只有今夜
才一股脑儿地跳出来
释放

北国的立春

那些不懂皇历的风
像一群没轻没重的半大小子
使尽恶作剧的方式从耳朵穿堂而过
早已不堪重负的水变本加厉

潜伏了一冬的生灵像一群卧底
本想搞一场颜色革命来宣誓对春的效忠
盘踞的旧势力仍做着垂死挣扎

每一株树木像是被打入冷宫的嫔妃
都想敞开怀胎的肚皮
向这个季节争宠

冬，依然是一副铁的表情
目空一切信誓旦旦
"你立你的春，我发我的威"

第二辑：冬天的水草

春 草

被冰封了一个冬
稚嫩的身躯
挺成了坚硬的骨头
逢石开路
遇土击破
与阳光会合
等冰流尽最后一滴泪
从地面破土起航

小 年

头上三尺的神灵突然下凡
把一些锅碗瓢盆的琐事敲响
在这个时间的渡口
摆渡人张罗着下船人和上船人

鞭炮挂成了鞭子
用一声声的脆响
把大包小包赶进一个
叫"家"的圈子

小年读诗

小年的早晨
读到一首有关故乡的诗
眼里就泛起了浓雾
传说中的海市蜃楼也出现了
不过那是老家的村庄
那些被故乡烟火供养的烟囱都老了
轻烟升起时，喊我回家

突然发现
没有了父母的故乡
一下子就瘦了大半截

赶年集

热闹的集市
更热闹了
年关了

跳来跳去的鸟笼
争着挑选一个好人家
花朵拨开绿叶的遮挡
把最艳的脸庞探进人群

摊位上五花八门的干果
搭上手就是天南海北的家乡话
各种肤色的蔬菜
从满是泥巴的菜农手里拔出

一堆奏着交响曲的锅碗瓢盆
都吧嗒着嘴巴期待一桌美食

远处一堵堵火红的墙上
挂满新年的祝福词
一波又一波的信众
用九十度的虔诚
把年味请回

蜗 牛

费了九牛二虎之力
从春爬到了冬
于是
在一个干燥的墙角
你患上了自闭症
我敢说
谁也叫不醒你
除了
春天

回　家

小河沉默
有暗流涌动
脚步沉默
也是行色匆匆
树木沉默
有蜡梅探出冻红的脸

一切都在沉默
所有的语言
都积攒给了心跳
只有喋喋不休的鞭炮
把胸腔掀开
奔赴那个
最接地气的拥抱

诗句夹着茶香流淌

没有人打搅的茶室
空调在喘着粗气
眼神攀在那件亲手做的盆景上

信手端起一杯温凉的茶
徐徐地润一下干涩的诗意
把眼神收回打开的屏幕

重续一壶热水
诗句夹杂着茶香
就在坚硬的屏幕上流淌

立春后第一场雪

想到立春
那些耐不住寂寞的花
就纷纷扬扬挤满了脑袋

可就是今天
算卦的先生们没有算准
北方的鞭子就把白白的云
剪成鹅毛铺满了地

明天就是小年了
等不及绚丽的烟花绽放
就用这统一的白
把家里的　路上的　他乡的
所有的心事掩盖

药引子

在丑时醒来
没有半点声音的呼唤
就像我的父母
等不及去上香引灵
径直闯进我的梦
突然回过神来
年三十
是一种痛的药引子

冬天的水草

在冬天
芦苇熬成白发的老者
把一群没大没小的鸟雀
揣进怀里取暖

河床消瘦成了骨架
连流淌的水也被磨成锋利的骨刀
那些赤膊的鱼
沉下心历练着真气

只有那些不安分的水草
像赛场上的接力棒
飞快地冲过寒冷的季节
在春天交接

水仙花

对待朋友的赠与我总是用感恩的心
可这再普通不过的花
我随意地丢进一个玻璃容器
仅仅是对生命的尊重

花不会取悦于我
只面对书桌上沉默的书
我无视花的存在
只面对书中无言的字
在某个寂寥的夜晚
一个猛然的抬头
你却用无声的笑对视我的惊讶

元宵节

把挂起的灯笼串成迷宫
等待缘分来揭开谜底

点燃每一盏皎洁的圆月
照亮捡拾童年的影子
还有奔向明天的路

当烟花在天空绽放
那些热气腾腾的希望
就会扑面而来

惊　蛰

沉闷了一冬的天地巨吼
在今天没有喊出
或许
是揉进了昨日的细雨

用北风遗落的最后一片信笺
给冬写一封挽联
一些迫不及待的蛰伏
正在信誓旦旦
舞动的柳枝
正在吐着绿色的信子

一棵屋檐上的芙蓉树

抬头又见那棵
安家在屋檐上的芙蓉小树
不知是哪只家雀的遗留
还是哪把小伞的降落
没见过发芽
只看到怯弱的树苗硬生生地长

淋过几场偌大的雨
斗过若干呼啸的风
我不知你用哪几颗牙齿咬住
赖以禅定的道场
在春雷响过后
定然还是一身洒脱的
新军装

第二辑·冬天的水草

溃逃乡下

车水马龙的街道
像极了抢救室里的血栓患者
不同的是
粗糙的手术刀在开膛破肚

那些叫嚣着的汽车喇叭
紊乱了曾经秩序的红绿灯
任凭有三只眼
也寻不到一条夹缝
我选择弃车而逃
在乡下
选一条能孤身通过的土路
把拥堵的心疏通

春天蜂拥而至

一声震天动地的大喊
春天蜂拥而至

冰清玉洁的少女
委身在玉兰的花蕾上
遇到帅气的王子就会争相献媚

山坡沟壑边
那些扎堆的桃红李白
像一群窃窃私语的新婚小媳妇

被踩蹦了一冬的野草
挥动着稚嫩的短剑
把枯黄的外衣斩落成垫脚石

省亲的燕子迫不及待地赶路
就像离家太久的游子
常常被祖居的老屋召唤

女神节方特梦幻王国采风

触到了"女神"
云朵就抖落下漫天的碎花瓣
定是手持魔杖的巫婆指点了江山

尖叫的屋顶刺穿苍穹
留一群没有点化过的精灵迎宾
这里揣测着生命的起源
还有种群的灭绝
孙行者能够企及的十万八千里
可以一览无余
我得把梦关紧
怕蒲公的人鬼情未了
化作一缕青烟光顾我的人间

把五官六觉启动
所有的梦幻与现实尽数搜罗
做一回只驾驭自己的王

一只蝴蝶

在城市里的犄角旯旮
蜷缩着一些流浪汉般的野草
身上还披着去年的蓑衣

偶尔有几朵迎春花
让我想起刚刚孵化的小鹅仔
张着乖巧的嘴巴想得到一个好人家

路过一条还没醒来的景观长廊
看到一只扑扇着翅膀的斑点蝴蝶
仿佛觉得它飞到哪里都会引燃春天的眉毛

三月的玉兰

三月的柳条
强忍着冬天残留的鞭子
长出了新的肌肉

耐不住性子的迎春花
把三月的堤坝豁开了缺口
于是
玉兰花就开始张弓拔弩
预谋着一场万箭穿心的喜剧

桃　梅

起伏的鹅卵石路
容不得瞬时的擦肩

两旁站立的路灯
一扫冬日的寒气
目光开始柔和

灯光下翩翩而至的桃梅
又会把哪位书生魅惑

毛公山的四月

通往毛公山的台阶路成了一条拉链
被上山下山的人流拉开合上
分列两旁满是笑脸的树
被一年级的儿子一句
"漫山遍野，花红柳绿"渲染
不为别的
只想亲历古诗词里扬州的三月
在齐鲁的海边把烟花漫撒
还想一睹
那尊屹立峰顶的伟人
每天都把东方的太阳唤醒

在月夜的湖岸

带着五官走进夜里
把所有的心事码上书柜
挑灯夜战的花吐着幽香的芯子
想去诱惑那些暴走的人
偌大的公园我是唯一失神的人
我看着水里的月亮
水里的月亮盯着天上的月亮
只有跳出一只顽皮的猴子
我平静的内心
才会荡起一池涟漪

故乡是一块顽固的石头

故乡是一块顽固的石头
任岁月打磨去尖利的棱角
任风沙刻上深深的印痕
只有遇到故乡的人
它才会揉成泥土
越积越厚

即将枯竭的诗意

立春后
万物尚未复苏
冬天的鞭子偶尔还会抽上几下
我把词穷语尽归罪于书本
于是
黑夜熬着我
我就把书熬成深夜

当我一头扎进不远的远方
那些桃红梨白还有柳绿
都挂满了诗意
它们一股脑儿地塞进我即将枯竭的河床
我看到花瓣状的小舟
在不断地驶向远方

即将停止供热

四月五日就是停止供热的日子
其实我挺期盼的
就是这样的时间节点
春天和冬天的尾巴谈起了拉锯式的恋爱
缠缠绵绵难舍难分
就像早晨是厚厚的外套
中午是冒汗的短袖
穿上，脱下，再穿上，再脱下
可那些争先恐后的花
脱掉了一次
却要等到来年的春天

清明的味道

冷峻的墓碑欲言又止
每次严刑逼供
只能挤出父亲和母亲的名字
两棵颤巍巍的白色小野花
对子嗣们的纲常伦理窃窃私语
火光里
堆积起的金山银山
撒着欢儿地收进一道秘不可宣的门
酒站成了水柱
香灰一炷炷跪下
天空的云呆板着面孔
把拧干水分的盐巴吞咽

第二辑：冬天的水草

第三辑

回乡

尘土喊着自己的乳名

艾草未长
思念已蹿得老高
天空不清不明
只落下了两行泪

捧起一把黄土
撒上那厚重的土冢
每一粒尘土
都喊着自己的乳名

塞满花香的四月

不施一点粉饰
争先恐后地挤满枝头

迟到的绿叶
翘起高高的脚尖
才得以冒出小伙的楞头

黑夜的眼睛无法睁开
被密不可透的体香
一股脑儿地塞满了四月

归来的心

当年的农村包围了城市
我进城垦荒刨金
当全身的力气把肉体出卖
头顶着芦花
在额头开几道沟壑
等庄稼地里
长满耸入云端的水泥墓碑
偌大的麦秸垛
却睡不开一颗归来的心

古　槐

一棵树
就像一尊无字碑
那些皲裂的甲骨文
记载着一个村落的开村立志
多年前
树立地成佛
朝拜者都是寻根人
多年后
树被佛超度
每一根红绳
都系着一种乡音

夜　语

真该感谢那些花
夜里还在默默地坚守
它们对着白日的熙攘人群
还有嘈杂的车水马龙
保持了沉默
只在星辰的召唤下
向我吐露着芳菲

我打开自拍与之合影留念
不知过了今晚
这些含香的蜜语
是否能够永恒

竹 子

我没看到哪棵竹子
拜倒在风的石榴裙下
它们肩并肩手牵手
像一群迎着枪口的壮士
没有风的日子
它们就挺直了身板
拼了命地长

浓烈的四月

置身于四月
感受不到停了暖气的清冷
柔情的花汹涌澎湃
把我生铁般的脸也给烧红了
此时需要火上浇酒
最好是浓烈的老烧锅
我怕那些绿色的偷袭者
抢去了风头
一直占据到秋后
才可以算账

浮 象

闲暇独坐小院
我看到一畦一畦的麦苗
打着赤脚挽着裤腿
穿梭在水里

大瓦数的白炽灯下
麦粒们大咧咧地敞着怀
在场院上酣睡

玉米秸蹿得老高
那些弓着腰的锄头
把肆意妄为的野草铲除
玉米一粒挨着一粒
靠在黄昏的墙角

刚上学的儿子
从屋内跑来为我续水
一屁股坐在我的大腿上

白沙河

白沙河
蹚过铺满污泥和水草的床
它只有一个回家的心思
鸥鸟不记前仇
在毒杀过同类的芦苇丛安家
太阳出来
就可以看到活得洒脱的鱼群

多次动过必死念头的白沙河
一场雨
就活了过来

单樱和双樱都会落樱

中山公园的单樱
盛极一时
赏花的人蜂拥而至
像这些爱凑热闹的樱花
相距数十公里的奥林匹克公园
双樱树上是繁花
地上有败花
唤来了不少的婚纱照

再过个十天八天
叶子会挤占所有的空间
去迎接暴雨
搅动秋风
没入落雪

拍婚纱照的情侣
过不了太久
就会肩靠着肩
镶嵌在登记证上

春雨过后

一场春雨
就让一池湖水
肥胖了起来
它们越过瘦骨嶙峋的乱石
去触摸柳树裸露的骨头
桃花 海棠粉墨登场
一不留神
就把湖水涂成了胭脂红

金银花

到了季节
你就伸出了
绿色的探矿器
你是希望探到金山
还是银矿
我只想采集
没有铜臭味的香气
熬成淡淡的汤汁
为浮躁的人世
败火

鲜活区的鱼

菜市场的鲜活区
一群鱼面无表情地
游荡在水箱里
像一群行尸走肉

旁边的案架上
一些鱼睁大着眼睛
死不瞑目地躺着

附近的寺庙
传来了几声钟响
像是为这些活着的
和死去的鱼
招魂

点燃春天的不是绿色的火苗

点燃春天的
不是绿色的火苗
那些在冬天的死灰中
潜伏的星火
撬开冬的牙齿
用五颜六色的火种
把春烧成了燎原之势

高墙内也是危机四伏

只是周边真的无草可吃
我得每天去早市
向那些丢弃的菜叶化缘
还会经常奢侈地请你
饱餐我的菜肴

我不敢疏于兔子的安危
曾经的一只
我怀疑
被没有管教的猫捉了舌头

幸存的这只
从没对我坦白
高墙内也是危机四伏

田横岛印记

不再傲视群雄
那就悲壮成守岛的壮士

五百把利剑插枝生根
苍劲成挺拔的黑松

刎不散的魂魄
呼风唤雨低吼着威武

那些两千年的骨头
在惊涛骇浪中
铭刻下——永生

母亲节的通信

铺天盖地的母亲节
像要把我挤上绝路
我不敢面对匆匆而过的鲜花
不敢直视扶老携幼的场景
沙发成了我一天的避难所
几次想拾起电话
发送一个叫娘的信号
再接收一个叫儿子的回音
可人间与天堂的通信
不知何时才能对接

如果毛发可以成为导线

如果毛发可以成为导线
我想把胡须留成导线的长度
铺设一条通往天堂的线路
随时随地都可以和娘亲通话
不谈论东家长李家短
数数您头上的白发
说说您砂布感的手掌
还有从邻居家
借两个鸡蛋一盅豆油
炒出的日子

咱们再谈谈您那没谋面的孙子
那一年您不辞而别
那一年他降临人间
他越长越像您
柔弱乖巧心地善良

这薄如蝉翼的阴阳之界啊
真想来个穿梭自如

生　机

走过景观长廊
一头乱发的草坪被剪了板寸
像一池平静的湖水
小草肩并着肩手拉着手
在晨露的洗礼下
向太阳举起齐刷刷的小手
似列队的小学生向队旗行礼

泥土中一枚枚细微的孢子
它们突破阴暗和潮湿的围困
一夜间就高过了绿色
为自己撑起保护伞

隐　私

我想睡了
可明月醒着
还有一群甘愿当跟班的星星
我赶忙掖紧被角
怕那些羞于见光的心事
被它们当做下酒菜
在黑暗里咀嚼

终是地下行走的过客

夜半来电
不见得惊魂
却把开了个头的梦
断了后路

明明深谙生死无常的真谛
每有流星划过
总能点亮天空的泪珠

其实
匆匆而过的路人
终是地下行走的过客

日　出

经历了
怎样的一场
殊死搏斗
太阳
从暗夜的魔口
浴血重生

六月的麦田

白日拉长
气温开始疯长
六月的土地锋芒毕露
它们不为风折腰
却可以弯成镰刀的骨头
它们不畏疯狂的雨
却把汗滴长成饱满的形状
我欣赏这由青而黄
从南到北地随波逐浪
突然意识到
我血液里流淌的
正是这
泥土的黄

黄胶鞋，蓝军裤的日子

上班花花公子　金利来
腰扎皮带西装革履
虽算不上奢侈品
也是大品牌
周末耐克　阿迪
腰缠松紧带
一身品质休闲装
有人说
老江　你的生活有滋有味
老江顺口回一句
穿黄胶鞋　蓝军裤的日子
才有嚼头

青　蛙

水面的冰刚刚融化
湖里的荷叶还没有探出头
一些耐不住寂寞的青蛙
就开始大声喊叫起来
它们埋怨风不够柔
它们嘲讽柳条不够婀娜
它们慨叹水达不到煮的温度
好像不冰封住它们的嘴巴
就会一直喋喋不休下去

蝉

当梅雨开始洗劫树林
再也按捺不住破土的欲望
趁着黑夜降临
偷偷地摸上树梢
当雄鸡唱白天下
它们高声宣布对领地的拥有权
我相信
每一声蝉鸣
都是一首绝唱

回乡下

好久没去乡下了
我得着一身布衣
穿一双布鞋
距离村庄二里地把车停下
我怕车轮的每一次碾压
脚底下的土地
都会产生绞心的痛

父亲节的时间走向

把钟摆止停
权当时间不会溜进明天
沏一壶我不甚钟爱的茉莉茶
洗一对土得掉渣的杯子
彼此对号入座
您上座在昨日的时间里
我对坐在今天的时间上
咱俩不叙旧
我只拉离别后的喜事
您却默不作声
从泛白的老粗布里
掏出一些老片段
开始揭发我儿时的糗事

刘老汉的杏子熟了

山里的杏子到了采摘季节
刘老汉大老远跑到小路口等我
那双结实有力的手紧紧拉住我往山坡上走
我觉得自己也在握紧一棵老杏树
先熟的是麦黄　再就是少山红　最后是关爷脸
刘老汉向我介绍着他的杏树
就像在炫耀着他几个生意也好　工作也棒的子女
当我问起这么多杏子他一个人如何卖得了
子女们怎么不回来帮他时
一片云朵悄悄地遮住了辣辣的太阳

第四辑

守望者

老风箱

触景生情是一种顽疾
在这个绵绵的雨夜
突然就想起了
灶台边的老风箱
它每喘一口气
都会让炉膛火一把

当炉膛里的灰越来越多
母亲说
哪天风箱拉不动了
就把炉膛里的草木灰掏一掏
千万别掏干净了
掏干净了
人就会没了念想

超　度

过了夏至
蛰伏了多年的知了猴
就开始不安分起来

它们纷纷破土攀上高枝
把那些暗无天日的日子超度

西落的太阳
总会被升起的太阳超度

圈　套

雨过天晴
柳荫下的人行道有些杂乱
我无法揣摩
一只天牛爬行时的心思
那对翅膀看来很完整
尖利的牙齿
应该还是树木的宿敌
坚硬的人行道
是我设下的圈套
茶台上
也就多了一个标本

熬出骨头的味道

近期
太阳火了
也把初中同学群引燃
有人提议
毕业三十几年该聚聚了
不知是有幸还是不幸
左躲右闪的鄙人
被五花大绑加官进爵
名曰——总理大臣
于是乎鼓励自己
站直了　别怂包
即使数日后
熬成一锅清汤
也得有点骨头的味道

七月的雨

七月的雨下了一宿
早晨还没有停止它的图谋
喜欢借温度升高趁机添乱的蝉鸣
戛然而止

一些未老先衰的枯叶退场
一些正值壮年的绿叶英年早逝
而一朵喝饱雨水的花
带着欲放的遗憾香消云散

我手无把伞接受雨的洗礼
想阻止一片落叶的随波逐流
却听到
一棵竹子不折的风言风语

轻轨电车

十公里的轻轨
在众说纷纭的谈论中
开启了第一趟列车

买菜的大爷大妈
上学的莘莘学子
一群群的打工族
穿梭在钢制的骨架上

电车晃过我的车窗
像滑过我手心的泥鳅
一不留神
就会搁浅在
夜色的上海滩

苔藓

牡丹花在阳光里绽放
玫瑰花借太阳的火种燃烧
只有低过小草的苔藓
不言不语　不争不抢
像一群大山深处的孩子
羞于待见陌生人
它们躲在潮湿的背阴处
散发着
绿色的光芒

除　草

地里长着好庄稼
也会长一些野草
一个六十多岁的小脚女人
挽起的裤腿
总会高过脚踝

娘说
每一棵庄稼待她都不薄
她　知足
对于那些草菅粮命的野草
她都会毫不犹豫地
弓成一把锄头

在万米高空

从青岛到乌鲁木齐
只有足够硬朗的翅膀
才能从零海拔
飞上八千六百三十米

在万米的高空
我湛蓝湛蓝的心
只想留
一朵一朵的白

一头三条腿的牛犊

对于我们的到来
风 像是早有预谋
它们没有吹低更低的草
三五成群的牛羊
在懒散地低头觅食

一头本该全时四驱的牛犊
却用三驱的动力
行走在
距离天堂更近的天堂

守望者

总有一些血会被点燃
在"守望天山"的纪念碑前
我窃取了火种

沿着独库公路纵深
那些九曲十八弯的歌词
羞愧得无言以对

没有数过是否有一百六十八个弯道
每一个弯道口
都值守着一名士兵
他们睡去了几十年却仍在醒着

在乔尔玛烈士陵园
周边的云杉训练有素
挺拔　伟岸　坚毅
都活成了守望者——陈俊贵的模样

空中牧场

进了北疆的草原
就是站上了空中的牧场
这里的牛马羊
天生高贵
从降临世间开始
就走上了广袤的绿地毯
它们儒雅温顺
从不对外来者讲经布道
只需扯过一片白云
就会让它们
淡忘了凡间

赛里木湖

眼泪
不是悲伤的专利
这"大西洋最后一滴眼泪"
就眷恋上了驼峰扛起的天山

玻璃种的白天鹅
嵌进这流动的碧玉
四周绿色的牧场
也放牧着维吾尔族青年的爱情

天空是倒置的牧场
只有洁白的羊群
才有资格沐浴
蓝色的海洋

我赤脚走在
湖水抚摸着的卵石滩上
五彩斑斓的心情
泛不起一丝的浪花

高原放牧

草原
爬上两千多米的高山
呼吸平稳　舒缓
牛马羊能清楚地叫出
野菊花, 苜蓿草　野薄荷
这些野花草的名字
对我们这些
吃惯了人间烟火的物种
视若无睹
它们放牧着自己
也在偷看被放牧的我们

服　刑

立秋了
多日不下的雨
仍然没有悔过的表现
树叶皱起了眉头
青草开始焦虑
那些对农民拍过胸脯的庄稼
羞愧地低下了头

太阳加大了火力
拷问着地球
我加大了气力
捶打着自己的良心
这世间万物
都是服刑的人

第四辑：守望者

在新疆

新疆
山谷间　高原上
都系着茶马古道的驼铃

那些一心吃草的牛羊
披着飘动的哈达
俯视着过客的来龙去脉

站在赛里木湖的脚下
无法企及的天空
触手可得

几只撒着欢儿的白天鹅
化作洁白的云
飘向更高的天空

只有探身湖水
我劣迹斑斑的身躯
才能与佛性的卵石
一脉相承

一株麦子

躲过了血刃的镰刀
熬不过风雨飘摇
当骨头风化成时间
再锋芒的头也得低成土的样子

还好
辛苦过的饱满
终会有绿色
向着太阳奔跑

在九月

九月的风比刀子还硬
质地再好的衣服也被削得所剩无几

那些喊破嗓子也得不到救赎的知了
渐次偃旗息鼓

此时需要继任者救场
那些投机的秋虫像一群剽窃者

宫家村的葡萄熟了
接踵而至的食客把它们捧得大红大紫

而我高高的院墙里的葡萄
半边脸是晴天　半边脸是火焰

曲终人散

还没处暑
知了还在不知疲倦地喊热
季节却悄无声息地开始了交接

收受了封口费的鸟雀
对此保持了沉默

按捺不住潜伏的蛐蛐
开始粉墨登场
把雄鸡的天下越唱越黑

这世间的万千路上
总会以曲终人散谢幕

暴雨的七夕

千疮百孔的天空
有多少颗星星
就是多少颗镶嵌着的心
在这一天
他们向更高的天倾诉冤情
泪如倾注
淹没了天上人间

皱裂的夏天

夏天开始皱裂
火辣的皮鞭已经淬火

秋风
一刀快过一刀
殷红的血由浅变深

蛐蛐越狱成功
哼着幸灾乐祸的曲子

温水的青蛙从一片荷叶
跳到另一片荷叶

它们都在等待
秋风的
最后一刀

由桂花的盛开而想到的

清晨是如此安静
沁入鼻腔的桂香悄然而至
我有时觉得桂花的盛开不合时宜
会把中秋的思念渲染得太浓烈
有时又会觉得桂花开得正是时候
它把团圆装扮得恰到好处
这左顾右盼的思绪
多像一颗飘忽不定的浮漂

对　弈

受台风影响新的降雨又开始了
雨水敲打着路边临建上的彩钢瓦
轻重缓急的声音像在演奏贝多芬的命运曲

大街两边的树冠无序地甩来甩去
那个经常游离于这条街道穿戴得体的疯婆子
时有这样的怪异动作

一对六旬开外的老者对弈在砖红色的人行道上
他们攻防有序阵脚不乱
平仄起伏的黄色盲道
如棋盘上旌旗飘摇的楚河汉界
棋盘像诸葛亮的草船不断被箭雨射中

不远处一对玩耍孩童的雕塑纹丝不动
对于忽来忽去的风雨
只是让他们铜色的皮肤又加深了一层

又回老屋

老屋不老　小我几岁
那是一双从裹脚布里解放出来的小脚
踩着稀泥堆起的瓦房

砌一块石头
母亲的手掌纹就多了一条
增一层夯土
都会垒上一根母亲的白发

每次回到空荡的老屋
夯土中的白发
就会拧成一根结实的绳索
勒得我结实的肉
生痛

时　间

七夕的余温还留在玫瑰花上
它们念念不忘过火的热

日历牌面若静水
翻过的每一天都掀不起一丝涟漪

老态龙钟的机械钟表
依然清脆地驱赶着日子

中元节快到了
那些游走在时间之外的情感
越聚越浓烈

在乡野漆黑的眸子里

只有走进漆黑的乡野
才能看清城市里无法企及的星星
对于触手可及的它们
我发不出一丝一毫的光亮

我喜欢遥远的期盼
哪怕是牛郎织女一年中只有一次的机会
哪怕是一根像火柴划过的流星
哪怕是一架夜行的飞机闪烁的暗语

在乡野漆黑的眸子里
还能听到黑影中清脆的鸟鸣
还能听到昆虫们恋爱自由的呢喃
还能听到对陌生人不请自来的犬吠

我不得不蹑手蹑脚地行走
像一个小偷要顺走这暂时的宁静

一地故乡

谈起故乡
箩筐和水桶都装不下
不管从树上滑下
还是从池塘里冒出的童年
总会带着皮外伤
瞬间在麦秸垛里愈合

随着年龄的增长
镐头和耕犁在故乡的头顶
刻上深深的印痕
翻起的黄土除了种庄稼
还会埋一些亲人

黑发越描越白
故乡的重量也越来越沉
有时候不得不用双手去环抱
生怕一不留神
故乡就碎了一地

中元节念亲人

世间无鬼
他们不过是行走在另一个空间的亲人

摆上酒水
点上三炷高香
那弯弯曲曲的三条烟路
必然走来至亲的人

画地不是牢狱
是至亲与至亲团圆的家
重新感受手拉手的感觉
那些燃烧起的温度
点燃了堆起的金山银山

咱们拉家常
放开嗓门尽情畅聊
火焰有多高谈的内容就有多热烈
话终人散的时候只留下一地纸灰

十五的月圆了
聚起的思念也就由浓而淡

处暑过后

过了处暑
雄性的荷尔蒙逐渐收敛
那些裸露的罪恶念想也在消退

庄稼地　果园里　路边的野草
扎堆待产
她们妊娠反应明显
以致肤色泛黄
五彩斑斓的色斑在加深

蹲坐在路边的庄稼汉
多像产房外
等待第一声啼哭的父亲

第五辑

在一个人的灯下

塔　吊

一天比一天密
一塔又高过一塔
城市的中心区
已经没有了它们的立足之地
就向草根的庄稼地进发
大有城市包围农村的强弩之势

那些风雨飘摇的庄稼越长越矮
真怕这些拔起千斤的塔吊
把它们也连根拔出

蝼　蚁

茶室里最近闹蚁患
伪装的褐色接近茶台和茶桌
它们训练有素纪律严明
从不走歪门邪道

起初源于好奇我只当看客
它们来回穿梭像一次大型战役前的总动员
随着数量的增多
大有赶超皮肤上鸡皮疙瘩之势

对于这种情形
茶水已经浇灭不了燃起的火焰
我得学习口蜜腹剑的功夫
口口声声"阿弥陀佛"
指头却扣动了"枪手"的扳机

望着尸横遍野的战场
我的悲悯之情开始泛滥
呆坐的自己和行走的路人
谁又会成为谁的蝼蚁

锔　壶

一把常用的茶壶
（据说是紫砂的）
在清洗时被碰掉了壶嘴

翻遍朋友圈翻出一锔壶师傅
师傅看了一眼
"工比壶贵，三百，不值"

我不假思索地回了一句
"残缺有残缺的尊严"

变　迁

城市越走越近
农村就背井离乡
迁徙不动的石槽喂过猪
现在被城里人喂养

野花盛开的时候
猪草都长得老实本分
娇生惯养的花草
在膘肥体壮的猪槽里夭折

一颗柳树的种子
在夭折过的肥土中生根
柳树下
我种上一池静水

桂花树的江湖

院子里的桂花枝繁叶茂
经历过几多风雨
它肯定记得

见过不谙世事的孤鸟
它摇头摆尾
失望而去

偶有蜘蛛在此排兵布阵
经历过几场厮杀
我从不关注

要是哪天的雨后
会有一只蜻蜓轻点水珠
而后不知所向

忘了说说蝴蝶
八月还没盛开
它们应该还在路上

葡萄藤挂满秋事

一枚来自春天的落叶
飘落进我的茶杯
它已经被夏天
榨得瘦骨嶙峋
本来想
把一些凡事一饮而尽
不远处
一棵倔强的葡萄藤
把秋事挂满
它们已经拥挤得变了形

周　日

女儿和好友结伴出游
妻子带儿子去了她娘家
我是无家可归的人
暂且借栖存量不多的书房

不穿越上下五千年
不摇头晃脑背诵诗经
点一支朋友送的手工藏香
看它从头焚化到底

一缕阳光把窗户挤开一条缝隙
而后涌进硕大的身体
多像逝散了多年的母亲
再回来看我的笑脸

也会长成桃李树的模样

校园里种桃树和李树
在树下养花草
树长得枝繁叶茂
每一片叶子汁液饱满

花草都翘着脚尖长
吸了汁液才长得壮实
花草长进树丛间
就变成桃子和李子的样子

桃李树生长着年轮
桃子和李子长出了翅膀
他们飞得更高更远
落地就会生根
有些
也会长成桃李树的模样

赶　集

集市上
炉包铺散发着香气
牵回了几十年前的我
一些过往的孩童置若罔闻

一位瘦弱老者年近七旬
梳理着自己摊前的一堆韭菜
像在抚摸自己的儿孙
韭菜油光发亮显得营养过剩

我游走在杆秤模糊的星号上
炉包在　韭菜也在
只是那个秤钩
没能钩住三十年前的父亲

当诗人邂逅了酒

毛公在山巅遥望东方
山脚下有葡萄　仙桃　酒作坊
远处
那些刻着岁月的酒香溜出了巷子

拌料　发酵　蒸馏
工匠们重复着数千年的臂膀
推杯换盏
杯中尽是旷野里黍米的香

当诗人邂逅了酒
那些篇章就开闸流淌

能睡出笑声的老土炕

回趟老家
得踩着胡同里的泥土路
得踢几块土坷垃沾点土气
得摸摸土墙上瘦骨嶙峋的拴牛环
得瞅两眼房檐下燕子的土坯房

空荡荡的老屋曾经说过
城里的月光只能把梦照亮
能睡出笑声的
还是这个老土炕

定是在算计秋后的黑账

"一场秋雨一场寒"
九月
接二连三的刀子
悄无声息地潜伏下来

绿色的装扮还没稀罕够
一些野孩子
偷偷地染几缕红黄色的靓发

还想青涩的果实
再也无法掩饰丰满的色彩

风 也开始变得不近人情
一声高过一声的嗓门
定是在算计秋后的黑账

仲秋的月

多一行诗
你就远离我一步
多一点圆
我的心就多碎一瓣
当仲秋的月功德圆满
八月的桂花树
就挂满了泪滴

一棵老树

再也走不出砖砌的围墙
据说她的子嗣
繁衍到了四面八方

岁月挖空了心思
天火撼不动健硕的躯体
绿色的发丝
仍在抽动四季的鞭子

树枝挂满了红布条
像闲置多年的老屋
在正堂上挂满
应该怀念的人

仲秋祝福

都是地球人
总托明月寄相思
广寒宫冷啊
就让我这句仲秋的问候
载着温暖
直达您的心间
世间无苦
平安幸福

拉手风琴的人

长椅上
手风琴把灯光拉得昏暗
那些蹦出的音符
像湖面摇碎的灯盏
从夏初到初秋
湖面的灯盏
拉成了五线谱
它们相处得越来越和谐

事物的必然性

这个季节
走到哪
都有被落叶砸中的可能
就像我的双鬓
开始驻足一些落雪
只要我站着
它们就不会融化
直到我变成风干的雪人

一记响亮的鞭子

住久了城市
我开始目光短浅

放眼出去
都是林立的山
它们高过我的头顶
它们插入云霄
它们给了我迎头一击

摊开记忆的地图
它对我远山呼唤
那些草地　庄稼　村庄
与我相向而行
村前那条瘦骨嶙峋的小河
也欢跳起来

一声划破夜空的鸟鸣
像牧归的老牛
给我一记响亮的鞭子

桂　花

请捂紧嘴巴
哪怕是一个哈欠
也会招来贪婪的蜂蝶

请捂紧嘴巴
那一坛醇厚的陈酿
怕醉倒在八月

请捂紧嘴巴
那一阵紧过一阵的秋风
怕你颜面尽失

请捂紧嘴巴
那些越积越浓的情感
一张嘴
就会喋喋不休

九九重阳节

多么好的日子
到处都是秋高气爽
我的心被挤在角落里
冰凉

名字里带九
我是九九重阳里
被遗落人间的那一枚

两轮慈祥的太阳
只有在梦里
才能拯救我的冰凉

夜晚是至简的曲子

夜晚是至简的曲子
寂静是主旋律
曲目一定是"睡吧·宝贝"
偶尔的鸟鸣
是夜晚熟睡的鼾声
成年野猫挠心的情话
多像原野里
种子即将发芽的睡语

磨刀石

有的石头
当了垫脚石
有的石头
被雕刻成佛像膜拜
磨刀石选择了
与刀光剑影为伴

无法判别
它是帮凶还是帮手
磨刀霍霍的背后
有多少是冤情
又有多少
是为了生计

腰　杆

乡下的麦子 玉米 高粱
收了一茬又一茬
它们的腰杆和木质的电线杆一样直
笔直的还有
瓦房挺起的屋脊

一直记得我幼年时候的父亲
在十多口人的家庭里
腰杆一直挺直着
直到他睡了多年的土坯炕上
触摸到的只是冰的温度

期待一场厚重的雪

早就进了冬的季节
该走的都去了该去的地方
没走的收敛了锋芒

我期待一场厚重的雪
抚平断裂枝条遗留的伤疤
粉饰那些老态龙钟的瓦片
填饱嗷嗷待哺的麦苗

推开柴门
那满目的白
就像一个刚刚降生的婴儿
每一声啼哭
都会喊出一个脚印

老物件

不管是翻过的昨日
还是被尘封的老物件
它们只是躲在暗处
默默地看着这个世界

每一段时光
每一个老物件
都曾经发过不同的光芒

就像一个不善张扬的人
沉淀在不被关注的角落
突然会发出耀眼的光芒

面值虽小骨头很硬

舞文弄墨的不仅仅是诗人
还有书画家 小说家
林林总总

不久前看到一个段子
风高夜黑某小说家打劫
不幸路遇一诗人
小说家望空而叹 "比我还穷"
诗人忙指点迷津 "前有书画家"
小说家疾驰而去

落笔至此突然条件反射
抠搜半天一枚硬币昭然入手
"还好，面值虽小骨头很硬"

饭盘子

父亲是个木匠
家里的家具没有一件是他打造
我记得生产队的时候
村办的木匠铺是父亲一手拉扯大的

以前的农村吃饭是在炕头上完成
饭盘子就是家中重要的家具
卯榫结构的盘子
是父亲请铺子里的木匠打造的

三十年过去了
它木讷的性格一直没有改变
每次想起它的主人
就会剥落一片暗红色的油漆

在一个人的灯下

城市
像一台不停转动的机器
肆意地轰鸣着
它吞噬了快乐的歌声
淹没了呜咽的鸟鸣

在一个人的灯下
我被假装的安静包围着
总感觉
体内涌动的思绪
随时准备破壳而出

春　节

挂在院子里的那只鸡
终于风干了
揣测不透是否和我一样
也惦记着一天近过一天的春节

它倒挂的身躯是完整笔直的
不像四十年前的那只同类
被一双颤抖稚嫩的手
硬是身首两相离

它不死的身躯
不着边际地飞出数里
就像被贫穷压得透不过气的乡亲
依然顽强地活着

这只风干的鸡
就像一股烟熟视无睹擦肩而过
而那只无头的壮士
把我儿时的年
扑棱得有滋有味

等待那第一声啼哭

公园里枯草横行
就像白发占领了高地

湖面一切静好
晶莹剔透又欲盖弥彰

水中的鱼行动迟缓
如这迟暮的季节

喜鹊攀上秃顶的枝头
发泄着缺衣少食的不满

空巢的燕子窝
像村头翘首以盼的留守老人

正在孕育的小媳妇
带着一路的自信走来

仿佛这周边的一切
都在等待那第一声啼哭

腊月的馒头

早就进了腊月门
阴历的身躯
一天瘦过一天

形状各异的馒头
开始在脑海里发酵
总觉得
那是母亲种下的蛊

轻轻一揉
心痛就会发作

辞 灶

那么神圣地执业
掌管我的一家四"口"

看我直角的腰板
一定是隐秘了许多
包括时间 金钱 善良 亲情 友情

不敢奢求太多
只希望头上三尺的您
带上我的自评
"浪费是可耻的，我羞于启齿"

距　离

天空很近
我伸手可触
蓝天很远
我遥不可及
就像人与人之间的距离
近在咫尺
却又
远隔天涯

心　路

坠落人间
母亲的胸脯
就是肥沃的土地
从出生到死亡
通往布达拉的心路
我总是用极限的面积
与之接触

梦　境

半夜醒来
源自一段梦境
一条体无完肤的土狗
一瘸一拐向我走来
它的眼神里没有哀怨
仿佛已经认命
它卧躺在我的跟前
舔舐着流血的伤口
一声由远而近的钟声
它充耳不闻

冬季的风

从高楼的中间穿行
人就像一叶年迈的小舟
绝无立足的浪花

电线杆摇头晃脑
失去了平日的自信
每一根琴弦
都会弹奏出悲凉的曲子

扬起的尘土
试图迷离人的眼睛
掩盖某些真相

无家可归的落叶
在一条干涸的沟渠里集结
它们在等待一场野火
把这个季节天葬

向年靠近的目的

由远而近的脚步在升温
一些寒气被逼退

笼罩在村子上方的雾气
散发着大锅里馒头的温度

炕头上燃起了火
等两瓣冰凉的屁股降温

旧岁的糖纸包裹严实
需要一道新的咒语打开封印

我向年靠近的目的明确
在村东头的莹场
向高过我头顶的父母
俯首称臣

赶年集

鸡鸭鱼鹅悉数登场
对于自己的命运
它们不再说三道四

门神威武注视着过往的人群
每一户的家风
都逃不过他们的法眼

最火的还是春联
它们队列整齐接受着检阅
只想和有缘人结上对子

我请了一对红烛和竹帘
希望竹帘上的宗祖们
吃一顿亮堂堂的年夜饭

拜 年

路那么长
从初一走到了除夕
都在年夜饭里落袋为安
鞭炮争先恐后地开花
像一群围坐餐桌旁的七嘴八舌
他们都在密谋
把最真诚的祝福
种进初一的黎明里

第五辑：在一个人的灯下

面具人

大年初一
每一张嘴巴都有菩萨心肠
见面都说慈悲的话
做宰杀生意的商户
都放下了屠刀

平日里慈悲为怀的我
今天对一只苍蝇痛下杀手
一块抹布成了我的帮凶
幸好抹布心软没有一击致命

抬头猛见窗户上新年的福字
我轻轻拾起苍蝇放在福字下
希望你痛改前非
我依旧做个面具人

在除夕立春

枯黄不是营养不良
冬天喜欢以素颜示人
就像一位婉约的女子
心中会住着彩色的画笔

在长满荒凉的坟场
踏出的每一个脚步都嘎嘣作响
春天从未走远
就像碑刻上的亲人也刻在了心上

立春在今年的除夕占领高地
它肯定不是来凑热闹
只是在这个时间的节点
恰好可以慰藉想去怀念的人

第五辑：在一个人的灯下

第六辑

故乡，
是一个走不出的迷局

送年之后

饺子吃完了
鞭炮也逐渐闭紧了嘴巴
那头叫"年"的兽被送走了

恭敬地从墙上请下宗谱
虔诚地卷起来
又将一年束之高阁

我抱起宗谱的时候
突然觉得
从未像现在这样
抱着如此沉重的父母

回　忆

回忆是一片雾霾
就像无可奈何的黑夜

它们低空飞行
让思绪迷失方向
它们密不透风
封闭呼吸的通道

松树的腰板硬过重雪
赤脚的裤腿高过庄稼
用善良堆起的娇小身躯
像一面飘扬的旗帜

忽然想起母亲
一道阳光就刺破了黑夜

新年的第一个工作日

新年的
第一个工作日
把旧日历偷梁换柱
撕下饺子 禅香 鞭炮
和一些慵懒的睡眠

一部分用来煮茶
招待种子 柳芽儿 迎春
一部分用来折叠门和窗户
推开门窗
阳光就挂在了墙上

独　处

有时候
想成为一座塑像
不与熟人
或陌生人擦肩
也不想成为
他们合影的道具
把自己打入冷宫
让冷冷的文字看我发呆

烟圈与我对视
它们的样子
肯定摆脱不了
人间的烟火

故乡，是一个走不出的迷局

小时候
故乡
是一座食堂
是一家做梦的旅店
是一个收容委屈的瓦罐
反正
我从来不叫他的乳名——老家

当时间的眼袋下垂
当岁月的银针层层密织
故乡的额头就多了些沟坎
乳名 念叨多了就成了公众号

故乡很近
可以随手扯来咀嚼
像一杯茶
故乡很小
可以一步跨过
像棋盘上的楚河汉界

姑且盖棺定论
故乡 是一个走不出的迷局

情人节

那么多的花在游走
它们是海誓山盟的祭品
还是一些情窦的初开

"多么虚伪的花朵"
"是啊！怎比得上七夕的肩膀"
一对喜鹊俯瞰人间

立春以后

立春半个月了
兴师动众的寒流卷土重来
没有立场的雪也背叛了初衷
成了反季的帮凶

依旧消瘦的枝头上
喜鹊思路清晰　黑白分明
麻雀们惊慌失措
面对突如其来的变故
一哄而散

本来放松了警惕的湖水
又纷纷集结
充当起了鱼儿的保护伞

一场暴动正在密谋
那些飞翔的翅膀紧锣密鼓
烧不尽的野火
自南向北即将席卷

虚　实

1.

冷艳的月亮驻足水面
看不到一丝褶皱

一个顽皮的学童捡起一枚石子
对准月亮用力投去
水面银波粼粼

"月亮被我打碎了
我枕着什么去做梦"

2.

巨型的落地镜里开满了鲜花
像是对面的花丛在梳妆打扮

一群少男少女路过镜前
他们对着里面的自己拍照留念

"对面的花真美
每一朵上都在翻晒着太阳"

开春意象

几枚柿子在树上飘摇
像院落里遗留的残破灯笼

仅存的几片树叶
被风掳掠一空

草木都是衰兵
没有了胜算的把握

沟渠边的黄土
像皴裂的老把式

坚硬的河床
小心翼翼 如履薄冰

旷野的鸟鸣依然单薄
像剧组的几个留守者

玉兰花万箭上弓
只需等待一声令下

仿佛这一切

都是一个蜷缩中的睡婴

一声啼哭
身体就会舒展开来

橘　子

天气阴清
无风　无雨　无雪
茶室一团和气
一人　一杯　一茶
拿起果盘里的一颗橘子
南国的风
瞬时清香了我的手掌

留 守

去吧 去吧
家里的一切都好
外面风大雨多
别忘了常回个电话

别走 别走
我不想让你离开
村子的夜晚好黑
早点回家我会害怕

出走半天的阿黄
蜷缩在狗舍边
看它疲惫的样子
多像干了一天的农活

想到二月

想到二月
那些消瘦的柳枝
就冒出了绿色的笔头

而眼下
一些锋利的刀子
还在切割着旧的伤口

如果有更多的候鸟
栖上黎明的枝头
仿佛一些游子
叫醒了故乡

初　春

原野的枯草凌乱
像一地的鸡
企图掩盖一些真相

每一个毛孔
暗藏了一把利刃
都在等待一声
清脆的柳哨

惊　蛰

你挥手的样子
如此单薄
无关乎池塘的瘦水
和墙角
臃肿的蜡梅

你只是想
用这种方式
向北风告别
与南风
握手言和

时　机

南墙根的佛肚竹
像一众呆滞的石像

葡萄架上的粗藤
像几条冻僵的土蛇

桂花树翻晒着叶子
像一件褪色的旧军装

结香树攥紧了拳头
准备给季节
致命的一击

记　忆

胡同久远细长
就像记忆
常常会一片一片地剥落

老屋夯土的外墙上
锈迹斑斑的铁环
拴过耕牛
也拴过我的童年

拐　杖

肯定来自山上
你坚硬得像块骨头

不知是中途夭折
还是被硬过石头的利刃腰斩

我看见集市的一隅
你在叫卖着自己

我相信生命的复活
曾经颤巍巍的老人
被你搀扶得如此稳健

墓　碑

一切都尘埃落定
无关乎姓名　性别　荣辱
这里有花草　树木　鸟虫
和偶尔的脚印
所有的音质都轻声细语
唯有它惜字如金
一旦开口
定会打湿人间

二月的春雨

在昨夜潜伏
推开小院的房门
顽皮的空气袭向鼻腔
它们都是泥土和雨水的子嗣
地面大汗淋淋
所有憋足了力气的生命
打着哈欠　伸张着四肢
向更高的空间集结
昨日还有些褪色的装束
心情一下子就绿了

三月，必定命犯桃花

三月
暖气依然流经城市
不断升温的大地血液里
飞出蝴蝶　燕子和啄木鸟

遍野的嫩黄
还有点睡眼蒙眬
一浪盖过一浪的春风
就掀起了
花枝招展的碎花裙

三月　尘土如我
行走在人间
三月　必定命犯桃花

花的泪珠轻过溪水

春风喜欢热闹
穿梭在到处叫卖的花市间
那些忘乎所以的花不知道
面似和善的春风
不仅精于裁剪柳条
也是摧花辣手

在小溪的下游
花的泪珠轻过溪水
对自己的香消玉殒
沉默以对

差　异

太阳像古铜色的农夫
葡萄藤冻僵的身子尚未苏醒

玉兰花扬起玛丽莲的白裙
竹子子嗣还没穿透雨后的大地

金银花肆意探索
泥土中的春虫仍在假寐

顽皮的学童追逐着蝴蝶
我搔搔头发黑白相间

隧道群

"您已进入隧道群"
导航突然蹦出这么一句语音
孤陋寡闻的我还是第一次听说
我的认知就是单一性或者间断性的几个

进入山城重庆的高速
一个隧道连着一个隧道
一组隧道接着一组隧道
它们像穿梭在大山深处的动脉血管
显得光滑而又顺畅

清明节
之"父母的喜悦"

地里的草已经苏醒
捂了一冬的思绪
来这里寻找突破口
烟酒糖茶鸡鸭鱼肉齐全
兄弟姊妹一个也不少

数落完父亲泛出包浆的旱烟荷包
又念叨母亲负重比例失调的小脚
对不谙世事的野草得清理门户
保持被石头划破的伤口血统纯正

一阵风把燃尽的金银财宝连根拔起
多像生产队的晒麦场上
父母用木锨扬起的喜悦

归　宿

在入海口
白沙河自东向西
墨水河由北而南
除了皱纹它们表情舒缓
像夕阳看破了红尘
并肩穿过奈何桥

行走的衍化

人的行走是在衍化的
婴儿时四条腿走路
干净得像一堆泥土

成年后就两条腿走路
为了向更高的天要空间

在暮年
"三条腿"就成了常态

如今中年的我
骨头与骨头的战斗正处于胶着状态
稍不留神
就会分出个胜负

演 变

刚开始写诗
笔头指点着白纸
像做了错事的孩子
承受母亲的指头

后来写诗
电脑的键盘
成了敲打的对象
我就像一个逼供者

现如今
手机成了诗的闺蜜
所有的沉积与情感
都由它代言

也许不久的将来
你喊出的每一嗓子
都是远方

崂山茶

太清宫
木鱼也会打个瞌睡
那么多的信众
你是昼夜的值守人
不酒不肉
把自己煮成一壶
耐读的经

在春天

该开的开
该谢的谢
一切都被日子驱赶着
挥动的五指山
再也压不住头顶
越来越多的白

寺　院

在半山腰落座
敲木鱼的
是那个打捞泉水的小沙弥

麻雀是这里的香客
耄耋之年的方丈表情沉静
像院中合抱不住的老柏树

对于麻雀
钟鼓的嗓门再大
他们也是无动于衷

路　过

记不得在春天里走了多久
夏天的路程已经不太远

路过公园的玉兰道
一些花瓣蜷缩在地上
像夜里墙根下的流浪汉

在高高的枝条上
有些　昂着冰清的头
有些　耷拉着皱起的眉

失效了的粉底

"咱村要拆迁了"

这是回到老家后

发小们念叨最多的陈年旧事

我赶紧跑回老屋

打开落了厚尘的锁具

房墙上剥落了一块白色的皮灰

它皱巴巴的脸上

再也挂不住失效了的粉底

清洁工

凌晨的路灯下还有灯
他们穿着马甲都扮成橘子的模样

萤火虫不能把黑夜照亮
橘灯也叫不醒黎明

我看到一簇又一簇的竹子
他们弯着腰低着头
直到把东方的太阳擦亮